**Josué Guimarães**

**Adaptação:** *Jimi Joe*
**Leitura crítica:** *Sergius Gonzaga e Ivany Ávila de Souza*
**Supervisão:** *Pedro de Moraes Garcez, Paulo Coimbra Guedes e Rosa Maria Bueno Fischer*
**Coordenação geral:** *Nilton Bueno Fischer, Jaqueline Moll e Luís Augusto Fischer*



# Garibaldi & Manoela:
## Uma História de Amor

**Versão adaptada para novos leitores**

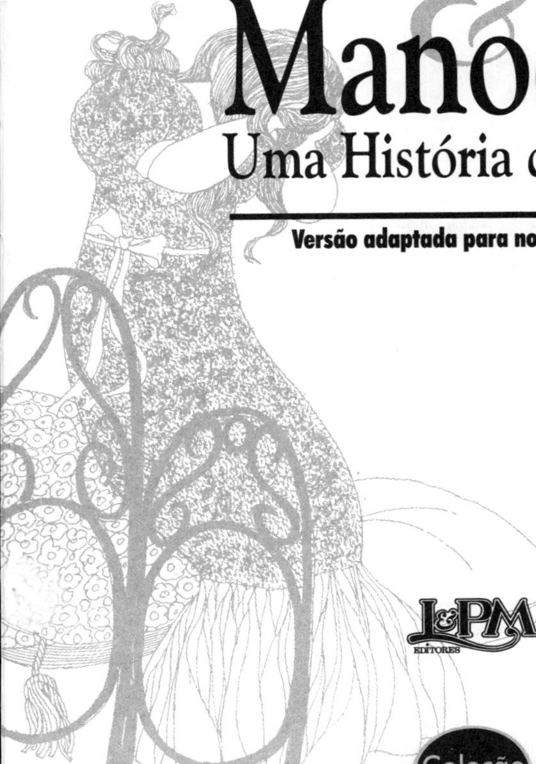

L&PM EDITORES

Coleção
**É só o Começo**

**NOTA EDITORIAL**
Esta edição foi baseada na versão integral do texto de Josué Guimarães. O texto original foi reduzido em tamanho e a linguagem foi adaptada para um público específico, o de neoleitores, segundo critérios lingüísticos (redução do repertório vocabular, supressão ou mudança de pronomes, desdobramento de orações, preenchimento de sujeitos, etc.) e literários (abertura de capítulos, desdobramento de parágrafos, reordenação de informações no tempo e no espaço, ênfase na caracterização de personagens, etc.) que visam oferecer uma narrativa fluente, acessível e de qualidade.

**Concepção e coordenação do projeto:** L&PM Editores
**Apoio:** UNESCO
**Equipe editorial:** Ivan Pinheiro Machado, Paulo de Almeida Lima, Lúcia Bohrer, Vera Shida e Caroline Chang
**Capa e projeto gráfico:** Marco Cena/Cena Design
**Revisão final:** Jó Saldanha e Renato Deitos
**Ilustrações:** Nelson Jungbluth
**Mapas:** Fernando Gonda

ISBN: 85.254.1270-8

G963g Guimarães, Josué, 1921-1986.
Garibaldi & Manoela / Josué Guimarães; adaptação de Jimi Joe... /et.al./ -- Porto Alegre : L&PM, 2003.
60 p. ; 21 cm. -- (Coleção É só o Começo)

Adaptação resumida para principiantes.

1.Ficção brasileira-Romances. 2.Joe, Jimi, adaptador. I.Título. II.Série.

CDD 869.93
CDU 869.0(81)-3

Catalogação elaborada por Izabel A. Merlo, CRB 10/329.



L&PM EDITORES – Rua Comendador Coruja 314, loja 9, CEP: 90220-180
Floresta, Porto Alegre – RS – fone: (0xx51) 3225.5777
www.lpm.com.br

Impresso no Brasil
2005

# PREZADO LEITOR/PREZADA LEITORA

Este livro que você tem nas mãos é um convite. Um convite para viajar através de histórias de homens e mulheres que tiveram idéias e ideais, que amaram e sofreram, como você e todos nós. São homens e mulheres inventados a partir da observação da realidade, pela imaginação do escritor.

Você está sendo convidado a caminhar com esses personagens e a compreender os dramas que eles viveram, as escolhas que fizeram para encarar a vida. Pode ser que em alguns momentos você encontre semelhanças com algo que você já viveu ou sentiu; em outros momentos, tudo pode parecer novidade, porque esta história acontece num tempo bem diferente do nosso.

Sugerimos que você mergulhe na história, imagine o cenário e a época dos fatos narrados. Você pode se colocar no lugar dos personagens ou simplesmente acompanhar a história, para entender os destinos dessas vidas.

O texto que você vai ler foi adaptado numa linguagem mais simples, para você ler com mais facilidade. Para ajudar, aparecem ao longo do texto algumas notas históricas, geográficas e culturais. Você também vai encontrar, depois da narração, idéias para pensar, conversar, debater, escrever. E ainda sugestões de outras leituras, de filmes e até de sites na internet.

Nosso maior desejo é que você leia e goste de ler. Que discuta as idéias do livro com amigos, colegas, professores. Que você aproveite e conte esta história para alguém. Ou que simplesmente experimente o puro prazer de ler.

Que este livro seja seu companheiro no ônibus ou no metrô, indo para a escola ou para o trabalho, em algum momento de descanso na sombra de uma árvore, em casa ou no banco da praça. E que ajude a construir na sua imaginação outras histórias.

Boa leitura. E que esta viagem seja só o começo de outras!

# ÍNDICE

*Garibaldi & Manoela: uma história de amor* relata um caso de amor proibido, no meio de uma guerra. Era a Guerra dos Farrapos, ou Revolução Farroupilha, que durou de 1835 a 1845 e aconteceu no Rio Grande do Sul. De um lado estava o pessoal de Bento Gonçalves, fazendeiros descontentes com o Império brasileiro, e de outro estava o governo central do Império. Os farroupilhas queriam que o governo do Brasil protegesse o principal produto gaúcho, o charque (conhecido em outras regiões como carne-de-sol). Como não foram atendidos, entraram em guerra. Em 1836, os farroupilhas declararam a independência do Rio Grande do Sul, que passou a se chamar República do Piratini. Durante a guerra, Bento conhece Giuseppe Garibaldi, um corajoso marinheiro italiano, que resolve entrar em combate ao lado dos farrapos. Ele vai para a Estância da Barra, propriedade de Bento, para reformar e construir navios. Um dos principais problemas da jovem República do Piratini era justamente a fraqueza da marinha. Bento precisava de forças no mar, para ganhar a guerra e dar vida para a República.

Tudo isso é verdade histórica. Também verdadeira é a aproximação entre Garibaldi e uma sobrinha de Bento, a jovem Manoela. Eles se apaixonam, mas o namoro não vai adiante, por proibição da família. Num movimento da guerra, Garibaldi, então, saindo do Rio Grande do Sul para Santa Catarina, leva dois barcos por terra, sobre carroções, enganando as forças imperiais. Depois navega até Laguna e lá conhece um novo amor, Anita, e se casa com ela. Os dois vão viver uma grande história de amor e ter filhos. Ele volta para a Europa, sempre se envolvendo em revoluções, e Manoela termina os dias sozinha, na cidade gaúcha de Pelotas.

**JOSUÉ GUIMARÃES** — Josué Marques Guimarães foi jornalista e escritor. Nasceu na cidade de São Jerônimo, Rio Grande do Sul, em 1921. Viveu e trabalhou em Porto Alegre, Rio de Janeiro e Lisboa, sempre escrevendo para jornais e revistas. Foi ligado a movimentos políticos humanistas de esquerda. Trabalhou para o antigo PTB, com o presidente João Goulart, e por isso foi perseguido pela Ditadura Militar instalada em 1964. Começou a escrever literatura apenas aos 49 anos. Publicou vários romances de caráter histórico, como *A ferro e fogo*, um vibrante relato da imigração alemã para o Rio Grande do Sul. Escreveu também tocantes histórias de amor, como *Depois do último trem*. *Garibaldi & Manoela* foi o último livro que escreveu. Faleceu em Porto Alegre, em 1986.

## PERSONAGENS DA HISTÓRIA

**Giuseppe Garibaldi** — marinheiro italiano que participou ativamente da Revolução Farroupilha.

**Manoela** — filha de Maria Manoela e sobrinha de Bento Gonçalves. Manoela e Garibaldi se apaixonam.

**Don'Ana** — irmã de Bento, de Maria Manoela e de Antônia. É uma espécie de líder da família. Por isso é chamada de Dona (o autor escreve Don'Ana, em vez de Dona Ana). Ela é que governa a Estância da Barra, onde se passa parte da história.

**Maria Manoela** — mãe de Manoela, vive na estância com as irmãs Don'Ana e Antônia.

**Antônia** — também mora na estância, junto com as irmãs.

**Bento Gonçalves** — líder da Revolução Farroupilha, dono da estância onde acontece grande parte da história.

**Bento Manoel Ribeiro** — outro líder da Revolução, famoso por ter trocado de lado durante a guerra, acabando por combater os antigos companheiros.

**Matru** — italiano, o melhor amigo e companheiro de Garibaldi.

**Zeffirino, Royer, Edoardo, Cuneo, Castellini, Rossetti, Carniglia** — outros italianos, que também trabalham nos barcos.

**Mazzini** — antigo companheiro de Garibaldi, na Itália.

## LOCAIS DA HISTÓRIA

**Estância da Barra** — grande fazenda para criação de gado, de propriedade da família de Bento Gonçalves. Ali vivem Don'Ana, Antônia e Maria Manoela, mais a moça Manoela e outras pessoas. Fica na cidade de Camaquã, perto da lagoa dos Patos.

**Oficina de barcos da lagoa dos Patos** — localizada a poucos quilômetros da Estância, é ali que no começo da história Garibaldi trabalha, com os companheiros.

**Casa na cidade de Pelotas** — onde Manoela vive os últimos anos, solitária.

# Garibaldi & Manoela: Uma História de Amor

## Capítulo 1
## HISTÓRIAS DE MARINHEIRO

— Lembro como se fosse hoje — disse o homem alto e forte, de cabelos claros e olhos azuis. — Que belo era o *Constança* — falou, lembrando de um dos barcos onde tinha navegado com um comandante amigo do pai. Continuou:

— Fomos do mar Mediterrâneo até as águas do mar Negro. Eu ficava horas e horas encantado ouvindo as canções dos marinheiros mais velhos. Ah, como lembro bem! Mas foi tão longe e faz tanto tempo, que tenho a impressão que foi em outra vida.

O homem alto e forte era o marinheiro italiano Giuseppe Garibaldi. Tinha as mãos calejadas, os cabelos rebeldes e braços de lenhador. Ele contava as histórias para Don'Ana, Maria Manoela e Antônia. Elas eram irmãs de Bento Gonçalves, general da Revolução Farroupilha. Garibaldi era, então, um marinheiro da nova República do Piratini e braço direito de Bento. Todos eles estavam na fazenda de Bento, a Estância da Barra, na cidade de Camaquã, perto da lagoa dos Patos.

Parecia que a cada noite o marinheiro de olhos azuis e de porte altivo inventava mais histórias só para ter a atenção delas.

*Os mares por onde Garibaldi andou e a Itália, seu país de origem.*

As irmãs gostavam muito de ouvir Garibaldi contar aquelas histórias que tinham acontecido em mares e terras distantes. Eram histórias de batalhas sangrentas e ataques de barcos **piratas**. Manoela, jovem filha de Dona Maria Manoela e sobrinha de Bento, estava escondida atrás da mãe e das tias. Ela era quem mais gostava de ouvir. A voz forte do marinheiro parecia ter sido feita para gritar ordens nos navios em meio aos grandes temporais. Por fim, Garibaldi disse:

Eram chamados piratas os barcos que assaltavam outros barcos para roubar as cargas e as riquezas. Isso aconteceu por muitos anos, em todos os mares da Terra.

— Dona Antônia quer que eu conte como comecei minha luta ao lado da República do Piratini, comandado pelo corajoso Bento Gonçalves. Peço desculpas, mas preciso ir embora mais cedo hoje. Eu e meus companheiros temos muito trabalho nos barcos, na lagoa. Prometo que conto um pouco mais outro dia. — Ao olhar para a porta que dava para o caminho da lagoa dos Patos, Garibaldi ficou observando por alguns momentos os olhos negros e cheios de mistérios da linda Manoela. Ela tinha os cabelos macios, e no decote ele via a pele branca.

Don'Ana percebeu quando eles se olharam. Logo deu adeus ao marinheiro italiano, um pouco contrariada com o fim das histórias daquela noite. Mas ela sabia que no outro dia ele estaria ali de novo.

— Esperamos que o **senhor** não esqueça o baile de amanhã. E quando o senhor puder, queremos ouvir mais histórias — disse Don'Ana, enquanto se levantava da cadeira de balanço.

Em épocas passadas, as pessoas costumavam usar tratamento assim, chamando de "senhor" mesmo um homem mais jovem.

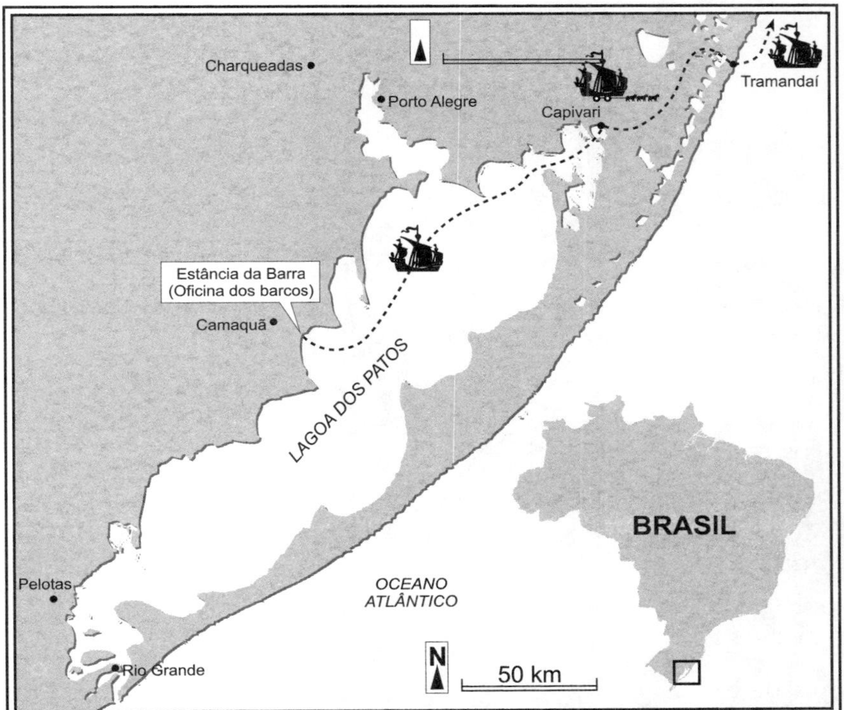

*A Estância da Barra e a lagoa dos Patos.*

Garibaldi cumprimentou uma por uma as senhoras, e demorou mais diante de Manoela. Depois saiu da casa, em direção aos barcos.

## Capítulo 2
## A REVELAÇÃO DO AMOR

Quando Garibaldi chegou ao acampamento na lagoa dos Patos, foi logo cercado por Zeffirino, Royer e Edoardo. Matru, amigo e principal assistente de Garibaldi, estava sentado perto de uma árvore caída. Ele esperava ansiosamente o amigo trazer notícias da moça que ele amava, que era irmã de Manoela.

— Acho que ela vai bem, mas não vi a tua paixão hoje, meu amigo. Vi a minha Manoela, que estava com a mãe e as tias. Ah, Matru, sem Manoela a vida não é nada para mim — falou Garibaldi.

— **Tu** que tens sorte. Eu nem consigo ver a minha amada — disse Matru, triste. — Mas amanhã, na festa, vou dançar com ela o tempo todo.

No sul do Brasil e principalmente no estado do Rio Grande do Sul, onde se passa a história, é costume tratar as pessoas por tu, e não por você. Isso não significa desrespeito ou falta de educação por parte de quem fala.

— Amanhã é outro dia — disse Garibaldi, e mudou de assunto. — Conseguiram colocar o mastro principal? Vejo que estão cansados.

Edoardo chegou perto de Garibaldi e disse:

— O senhor pode jantar tranqüilo, pois o trabalho de hoje já está terminado. Nesta semana mesmo vamos conseguir colocar os canhões no barco.

*As senhoras ouvem Garibaldi contar histórias.*

Garibaldi comeu com vontade toda a comida que serviram e depois foi para o porão de um dos barcos que estavam sendo consertados. Ali era a casa onde vivia. Mas não conseguiu dormir. A todo momento lembrava do rosto da linda Manoela. Depois que todos os companheiros fizeram silêncio, ficou apenas o leve ruído dos passos dos homens que cuidavam do acampamento. Garibaldi ainda via, ali onde estava, a mulher amada. Rolava na cama sem conseguir dormir. Quando afinal o dia raiou, com as primeiras luzes da aurora entrando pelas frestas da armação do barco, Garibaldi tomou uma decisão final. Parecia uma ordem de guerra dada a ele mesmo: ainda naquele dia ia pedir a mão de Manoela. Ia falar para Dona Maria do grande amor que sentia pela filha dela, coisa que ela já devia saber. E tentou dormir de novo, sem conseguir. Aquele sofrimento parecia não acabar mais.

Ele ouviu ao longe um ruído de cascos de cavalo. Levantou da cama e subiu rápido a escada que levava para a parte de fora do barco, bem na hora em que os companheiros iam apressados para o pátio, com medo de algum ataque inimigo. Os companheiros estavam todos armados e ficaram de guarda até verem os três cavaleiros, que eram homens da estância. Um deles era o negro João, homem de confiança das irmãs. João desceu do cavalo e foi até Garibaldi:

— Bom-dia, comandante. Venho lhe dizer que Don'Ana teve notícias do irmão dela, o general Bento Gonçalves. Ele chega no fim da semana que vem.

— Ora, mas que bela notícia — disse Garibaldi, passando as mãos nos olhos vermelhos por causa da noite maldormida. — Mas vou falar com ela sobre isso durante o baile de hoje de noite.

— Mas, comandante, era sobre isso que eu ia falar...

João parou de falar por causa do olhar de dúvida de Garibaldi. Depois continuou:

— Don'Ana pede desculpas ao senhor e a seus companheiros, mas ela achou melhor mudar o dia do baile para comemorar a chegada do general.

Garibaldi pensou um pouco, olhou para os amigos e falou:

— Don'Ana tomou a decisão certa. Eu faria o mesmo. Diga a ela que agradeço pela boa notícia e que hoje à noite vou até a **casa-grande** da fazenda, para conversar sobre o assunto. Mande a ela os meus cumprimentos.

A estância ou fazenda de criação de gado costumava ser muito grande. A casa dos donos se chamava de casa-grande (ou casarão), e havia muitas outras construções, para moradia de empregados ou para servir de armazém. No tempo da escravidão, existia a senzala, construção simples onde os escravos dormiam.

Matru, já ao lado de Garibaldi, esperou apenas que o negro subisse no cavalo e voltasse com os companheiros para a estância. Falou para o companheiro, em voz baixa:

— Vou junto contigo de qualquer maneira, nem que o mundo caia.

Garibaldi riu alto. Deu um tapinha nas costas do amigo e disse:

— Eu ia mesmo convidar, mas já que falaste antes, está certo. Vamos nós dois. Sabe, Matru, tomei esta noite uma decisão muito importante para a minha vida. Uma decisão que não tem volta.

— Não vai me dizer que...

— Pois é isso mesmo que tu estás pensando. Vou falar com Dona Maria Manoela, pedir a mão da filha dela. Isso é muito importante para mim e também para todos nós, porque vou conseguir dormir tranqüilo para enfrentar as semanas que vêm por aí. Não quero mais nem uma noite como esta que acabei de passar, sem conseguir dormir direito.

Foram para perto dos companheiros que tomavam o primeiro **chimarrão** do dia, enquanto outros faziam o café da manhã.

No Rio Grande do Sul, as pessoas têm o costume de tomar o chimarrão (ou mate) a toda hora. O chimarrão é um tipo de chá tomado na cuia (um porongo cortado) com um canudo de metal chamado de bomba.

Matru, preocupado, perguntou se Garibaldi não ia comer também. Garibaldi respondeu, preocupado:

— Na verdade, não sei. E também não tenho certeza se chegou a hora de conversar com Don'Ana para falar do meu amor por Manoela. Estou em dúvida. Mas sei que certas coisas cada um deve decidir sozinho. Se achares que chegou a hora de falar também, faça como eu: decida sozinho.

Garibaldi parou de falar e olhou para o céu por um longo tempo. Pegou o café e disse:

— Espero que hoje faça um bom dia. Nosso trabalho tem que ficar bem feito para que o presidente **Bento Gonçalves** saia daqui satisfeito. As coisas não andam muito boas para o nosso lado.

Bento Gonçalves era o presidente da República do Piratini, o país independente criado pelos rebeldes farroupilhas no território.

## Capítulo 3
## O PEDIDO DE CASAMENTO

No fim da tarde, quando chegava com Matru na porteira do casarão, Garibaldi conseguiu ver ao longe o rosto da amada, atrás dos vidros da janela do quarto. Era ela mesma. Ele poderia reconhecer aquele rosto mesmo de uma grande distância, mesmo que fosse em meio a uma batalha no mar entre muitos navios de guerra.

Quando ia fazer um cumprimento especial para Manoela, viu aparecer na porta principal a imagem dura e simpática de Don'Ana. Garibaldi mudou a direção do cumprimento e tirou o grande chapéu para a senhora, fazendo um movimento largo ao descer do cavalo.

— Boa-tarde, Don'Ana. Fiquei muito alegre ao saber pelo João que o nosso presidente vem aí.

— Pois fique sabendo que eu também fiquei alegre ao saber que o senhor vinha hoje para conversar sobre os preparativos da festa. Queremos que seja uma festa inesquecível. Não acha que devemos fazer isso?

— Claro. Eu vim dizer para a senhora que os meus homens vão ajudar no que for preciso. O presidente merece uma grande festa. Quais os planos para receber o general Bento?

Don'Ana convidou os dois homens a entrar.

Um pouco sem jeito, Matru seguiu o comandante. Estava preocupado, passando o chapéu entre os dedos. Don'Ana abriu as janelas da grande sala, convidou os dois para sentar e disse que ia mandar servir um café especial com pão feito em casa. Ela disse com um sorriso:

— Desta vez, foi Manoela quem fez o pão.

Don'Ana já tinha notado o grande interesse de Garibaldi por Manoela. No fundo, ela fazia gosto, mas tinha medo. Don'Ana não sabia bem o que pensar diante daquele belo aventureiro com histórias e mistérios, um marinheiro corajoso, um estrangeiro lutando pela **Revolução Farroupilha**. Ela nem sabia dizer ao certo o que temia.

Os revolucionários eram chamados maldosamente de farroupilhas ou de farrapos. As duas palavras significam roupas velhas, trapos. Daí o nome do conflito, Guerra dos Farrapos ou Revolução Farroupilha.

*O Rio Grande do Sul e as fronteiras.*

Ela esperava preocupada a chegada do irmão, Bento. Ela sabia da paixão de Manoela, das noites em claro e do jeito diferente que a sobrinha ficava quando o marinheiro estava longe. Sabia que Manoela sonhava com Garibaldi, homem cheio de grandes histórias, das lutas na campanha farroupilha, da coragem entre os companheiros na velha e distante Itália, dos perigos que tinha vivido em terras da Argentina. Ia contar para o irmão o que estava acontecendo, para ele dizer o que achava do assunto. Queria falar sobre aquele amor que parecia de perdição, um amor que nada no mundo parecia capaz de frear.

Don'Ana esperou que os visitantes sentassem e passou a contar sobre o churrasco, os bailes e **fandangos** que estavam pensando em fazer para que fosse uma bela festa. Garibaldi disse que mal podia esperar para ouvir do próprio

O fandango era o baile popular, com danças animadas por violão e sanfona (no Rio Grande do Sul chamada de gaita).

presidente as últimas notícias dos campos de batalha. Queria saber como andavam as coisas em Piratini, como estavam os companheiros e, principalmente, como andavam os cofres da República, quase sempre vazios.

Mal ele tinha acabado de falar, apareceram na porta dos fundos do salão as outras irmãs de Don'Ana: Maria Manoela e Antônia. Os dois homens levantaram e saudaram as senhoras. Don'Ana comentou que as irmãs tinham chegado na melhor hora. Matru foi chamado por Don'Ana para anotar numa lista as coisas necessárias para fazer a grande festa. Ele foi com ela até a despensa, para ver o que tinha e o que não tinha para a festa. Antes de sair, Don'Ana pediu para as irmãs ficarem na sala com Garibaldi e disse que o café logo seria servido.

Maria Manoela, um pouco sem jeito, quase não olhava para o marinheiro italiano. Antônia, mexendo no vestido, quis saber como iam os trabalhos nos barcos. Garibaldi disse que tudo estava indo de acordo com os planos traçados na última visita do general Bento Gonçalves. Por isso ele estava alegre com a notícia daquela chegada. Era uma boa oportunidade para mostrar o serviço e para ter uma conversa mais longa. Olhou para Maria Manoela e disse:

— Espero que a senhora não me leve a mal, mas eu gostaria de lhe dizer uma coisa que há muito tempo tenho vontade. Acontece...

As senhoras ficaram se olhando, nervosas. Maria Manoela conseguiu falar algumas palavras, gaguejando:

— Bem... eu acho que... nós podemos conversar quando Don'Ana chegar... O senhor desculpe, ela não deve demorar e logo vem o café.

Garibaldi não agüentou e disse:

— Mas eu apenas queria dizer... Ou melhor, para falar a

verdade de uma vez, quero pedir a mão de sua filha Manoela em casamento. Se é que não estou querendo demais. Eu sei que não a mereço, mas não podia deixar de falar para a senhora. A senhora deve saber que Manoela também me ama. Estou certo disso.

— Olhe — disse ela, cheia de dúvida —, Ana está de volta. Por favor, fale com ela também, eu não sei o que dizer, eu preciso de algum tempo para pensar, foi tudo tão rápido.

— Bem, a senhora pode ficar tranqüila, não quero uma resposta agora. Sei como está se sentindo. E, depois, a senhora deverá falar com Manoela, ela precisa dizer se também quer casar comigo. Eu espero, Dona Maria, eu espero.

Don'Ana estava voltando para a sala, acompanhada por Matru, e logo sentiu o que se passava na sala. Viu os olhos brilhantes de Garibaldi, viu as irmãs sem jeito e notou também que todos tinham se calado, assim que ela chegou. Então perguntou:

— Está tudo bem? Posso saber do que falavam?

Garibaldi, sabendo que as senhoras iam ficar quietas, disse logo:

— Pois eu gostaria muito que a senhora soubesse, Don'Ana, do que acabo de falar. Agora mesmo pedi a mão de Manoela para Dona Maria. Eu sei que me apressei, mas, estando em guerra, nunca sabemos o que pode ser o dia de amanhã.

Don'Ana sentou como se caísse na cadeira. Olhou para as irmãs e depois para Garibaldi, que lhe parecia, mais do que nunca, decidido e tranqüilo. Então disse:

— Já que nosso irmão Bento está por chegar, por que não esperamos por ele, para ele dar a palavra final? Ele é seu amigo, senhor Garibaldi, e ele é homem que sabe das coisas e

A linda Manoela.

conhece o mundo. E depois estamos falando de Manoela, sobrinha dele, que ele gosta muito, tem afeição especial. O senhor não concorda que devemos esperar Bento chegar?

— Concordo, minha senhora. Também acho melhor.

Garibaldi fez uma pausa e completou:

— Sobre a festa, eu quero dizer que as senhoras podem ficar tranqüilas, porque vamos trabalhar com o mesmo gosto que temos de trabalhar nos nossos barcos. Uns companheiros ficam lá e outros vêm trabalhar aqui. Não é todo dia que se tem um presidente entre nós.

## Capítulo 4
## VOLTA AO ACAMPAMENTO

Garibaldi levantou, seguido por Matru. Despediu-se das mulheres e voltou, com jeito triste, para a lagoa. Quando chegou, notou que Matru estava calado. Perguntou para ele, fazendo de conta que estava alegre e tranqüilo:

— Então, quer dizer que não teve coragem para seguir este companheiro na batalha?

Matru não disse nada, apenas movimentou a cabeça, concordando. Não teve coragem, naquele dia, para declarar o amor que sentia, mas prometeu para si mesmo que em mais alguns dias faria o mesmo que Garibaldi.

— Pois já sabe como fazer — disse Garibaldi —, nada de ficar dando voltas. É chegar e ir logo ao assunto principal. Nunca se sabe, mas pode dar certo.

Aquela noite foi diferente. Garibaldi dormiu como não dormia fazia tempo. Era como se tivesse conseguido ganhar uma batalha já quase perdida. Ele merecia dormir bem e tranqüilo. Daquele dia em diante ia procurar cuidar do mesmo jeito do trabalho e da festa. Se sentia como se fosse outro.

## Capítulo 5
## PERTO DOS OLHOS, LONGE DAS MÃOS

Em geral, Garibaldi passava parte das manhãs no comando dos trabalhos, dando ordens aos companheiros e trabalhando junto com eles, com vontade de dar duro até cansar o corpo. Tudo para que, de noite, pudesse agüentar melhor os sonhos com Manoela. Porque ele ficava pensando nela, atormentado, todas as noites. Por isso entrava com vontade no trabalho com os companheiros, fazendo as coisas mais pesadas e mais difíceis.

Na manhã do dia da grande festa, acordou e percebeu que tinha dormido mal outra vez. Tinha pensado muito sobre a resposta que Bento Gonçalves ia dar para a proposta de casar com Manoela. Além disso, Garibaldi tinha tido maus sonhos, que lembravam os velhos companheiros da Itália. Tinha tido dúvidas sobre o destino de amigos como Mazzini, se ainda estava vivo ou se tinha morrido em algum lugar distante.

Ele próprio, mais Cuneo, Castellini, Rossetti, Carniglia e o fiel amigo Matru estavam ali perdidos nas batalhas de uma guerra que era justa, mas não era a guerra que ele tinha prometido lutar até a morte, no país onde tinha nascido, a **Itália**. E, sobre todas aquelas lembranças, vinha sempre a imagem da belíssima Manoela, perto dos olhos, mas longe das mãos.

Garibaldi e os companheiros eram Carbonários, participantes de uma sociedade secreta revolucionária que atuou na Itália, França e Espanha nas primeiras décadas do século 19.

# Capítulo 6
# ENCONTRO DE AMIGOS

Quando o presidente e os soldados chegaram na porteira da estância, Garibaldi e os companheiros ficaram um pouco distantes, esperando que primeiro a família cumprimentasse Bento Gonçalves. Era bonito ver a alegria das irmãs e sobrinhas, que não viam o general fazia muito tempo, desde o dia em que ele tinha ido para a guerra. E a guerra parecia nunca ter fim.

Depois dos primeiros abraços do recém-chegado nas irmãs, os dois homens trocaram olhares, e Bento Gonçalves foi até Garibaldi para dar nele um forte abraço, como se também fossem irmãos. Don'Ana ficou alegre. Aquele abraço, para ela, era a certeza da amizade que o irmão tinha pelo comandante dos navios. No fundo, Don'Ana também queria o casamento de Manoela com o belo marinheiro italiano. Sim, as festas daquele dia poderiam muito bem comemorar o retorno do irmão e o noivado da sobrinha. Num abrir e fechar de olhos, passou pela cabeça de Don'Ana a lembrança do dia em que tinha chegado na estância a falsa notícia de que Garibaldi tinha morrido num ataque inimigo, na cidade de Charqueadas. Naquela vez, Manoela chorou muito, como se já fosse noiva dele.

Por causa do baile para comemorar a chegada de Bento Gonçalves, a movimentação foi grande: os **escravos** iam e vinham fazendo coisas, os fogos iam sendo acesos; a carne ia sendo preparada para o churras-

Uma das questões envolvidas na Guerra era o escravismo. Alguns dos comandantes farrapos queriam a libertação dos escravos, mas outros não. O fim da escravidão só acontece em 1888, 43 anos depois de acabada a Guerra dos Farrapos.

co, os vizinhos iam chegando em carroças e charretes. E os homens de Bento e de Garibaldi, armados e prontos, se colocavam nos lugares certos para o caso de algum ataque dos **imperiais.**

Imperiais eram os soldados que lutavam contra os farroupilhas e a favor do Império brasileiro. Também eram chamados caramurus.

Mas Garibaldi notou que o general estava preocupado com alguma coisa. Na primeira oportunidade, depois de eles fazerem uma demorada visita aos barcos, Garibaldi quis saber o que preocupava o presidente. Bento então contou:

— É o Bento Manoel. Dizem que ele pode nos trair a qualquer momento. Sabe como é: **cachorro que come ovelha...** Vou escrever uma carta daqui mesmo só para lembrar a ele dos compromissos que assumiu com a nossa República. Vou dizer a ele que, em troca, vou dar tudo o que quiser. Sim, o que ele me pedir, eu dou.

Bento Gonçalves usa uma frase popular para falar de Bento Manoel Ribeiro, que trocou de lado durante a Guerra dos Farrapos, sendo portanto um traidor para os farroupilhas. A frase toda é: "Cachorro que come ovelha, só matando". Significa que em certos casos a pessoa não consegue abandonar um jeito errado de ser.

Garibaldi ficou pensando, mas não disse nada. Achava melhor falar apenas sobre assuntos ligados aos navios. Era homem do mar, era um marinheiro que tinha vindo de águas distantes. Mas aproveitou para dizer que Bento não se preocupasse, porque ele e os companheiros italianos nunca iam sair do seu lado. O presidente podia ficar tranqüilo. O que fosse preciso, ele e os marinheiros iam fazer.

Bento Gonçalves agradeceu e disse que estava na hora de voltarem ao casarão, porque já tinham ficado ali por muito tempo. Subiu rápido no cavalo e saiu a galope. Foi seguido por Garibaldi e pelos outros.

## Capítulo 7
## A RECUSA

Logo na chegada, Bento foi convidado pelas irmãs para ver os preparativos da festa. Foram feitos muitos tipos diferentes de comidas saborosas, salgadas e doces. Leitões assados no forno, guisados com ervas de cheiro, vários tipos de carne de galinha, sobremesas como doces de leite e cocadas. Pelas salas do casarão e entre as árvores tinham sido colocadas bandeirinhas coloridas, que davam ao lugar um ar alegre. A guerra ficava distante e, como acontecia sempre nos dias de festa, o jantar começou às **quatro da tarde**. A comida foi servida numa grande mesa no centro da sala principal, e em muitas outras mesas pelo pátio, debaixo das árvores e das bandeirolas.

Naquela época, por não existir energia elétrica, muitas atividades precisavam ser feitas com a luz do dia. Por isso, as refeições tinham outros horários: o almoço era às 10 da manhã e o jantar era às 5 da tarde. No dia dessa festa, ele começou mais cedo, às 4 horas.

Bento e Garibaldi ganharam os melhores lugares, os dois ao lado das irmãs de Bento, das filhas e dos outros parentes. Os companheiros de guerra ficaram nos outros lugares. Os vizinhos que tinham vindo para a festa passavam um depois do outro para cumprimentar o presidente da República, enquanto os escravos se movimentavam de um lado para o outro, para não faltar comida nas mesas.

A festa começou ao cair da noite. Bento convidou a irmã Antônia, que estava sentada ao lado dele na mesa, para dançar e dar o exemplo a todos. Logo foi seguido pelos outros. Garibaldi convidou Manoela e, com muita alegria, tocou pela primeira vez nas mãos dela, sentindo o perfume dos cabelos. Sentiu também o calor do corpo daquela mulher, que estava sempre no pensamento dele, nas longas noites nos porões do barco *Farroupilha*.

Dançaram a **chimarrita**, a **polca paraguaia** e outras danças. Em todas elas, Manoela, um pouco nervosa, estendeu os braços, deixando o corpo duro, e permaneceu distante de Garibaldi. Mal conseguia levantar os olhos para aquele homem alto e forte que dançava com ela pela sala. Sentia que estava sendo olhada por quase todos.

Danças populares da região e da época.

Garibaldi e Manoela estavam tão felizes que não viram quando Don'Ana falou com o irmão, que tinha voltado para a mesa.

— Bento, quero que saibas que Garibaldi pediu a mão de Manoela. Não sei...

Pego de surpresa, o general ficou zangado. Deixou claro para a irmã que não tinha gostado daquilo. Disse mesmo que não esperava por uma notícia daquelas de jeito nenhum. Don'Ana, com medo, tentou dizer, já meio sem voz, que afinal Garibaldi era um homem da revolução, um herói conhecido não só no Rio Grande do Sul mas também na Europa. Era um homem de muita coragem, disse ela, mas quase sem voz, de um jeito que quase não se ouvia.

O irmão permanecia quieto, sem dizer nada. Ela esperou um pouco e conseguiu coragem para voltar a falar:

— Além do mais, sinto te dizer, Manoela está apaixonada por ele. Olha só os dois.

Bento ficou olhando Garibaldi e Manoela dançando pela sala e falou:

— Fui pego de surpresa, e isso fica muito mal para um general. Não sei, tenho muitas dúvidas. Por um lado, acho que não tem nada de mal. Os dois são jovens e de boa saúde.

Dá para notar que estão mesmo apaixonados. Mas, por outro lado, Ana, Garibaldi ainda é para todos nós um mistério. Veio da Europa para fazer o trabalho sujo de nossa revolução. Na Argentina e no Uruguai ele ganhou fama de mulherengo, de levar uma vida aventureira. Mesmo durante as batalhas, este italiano é visto ao lado de mulheres, brancas e negras.

— Mas foste tu mesmo quem nos apresentou a ele, dizendo que era um homem de tua confiança. E todos dizem que ele é um dos teus, que é o teu braço direito nas águas do Rio Grande do Sul. E agora...

— Eu sei, tudo isso é verdade — respondeu Bento. — Eu sei de teus sentimentos e dos sentimentos de Manoela, mas Garibaldi é um marinheiro que hoje é visto dançando aqui e amanhã poderá ser morto numa batalha qualquer.

— O mesmo pode acontecer contigo — disse a irmã.

— Não é a mesma coisa. Eu sou daqui, aqui tenho minhas raízes, vivo ou morto ficarei sempre aqui. Já com Garibaldi é diferente. Se Manoela casar com ele, vai casar com um homem que, quando terminar a guerra, vai querer voltar para a Itália, vai para perto dos antigos amigos e dos parentes, vai desaparecer. Isso se ele conseguir sair vivo da guerra. Manoela é muito frágil para viver com um homem como Garibaldi.

— E o que vamos dizer para ele? Ele pode muito bem ficar zangado, pegar as coisas e ir embora, deixando a Guerra Farroupilha. Com ele podem ir os amigos, os italianos, que são os únicos que sabem trabalhar nos barcos.

— Bem, isso seria um assunto muito mais meu do que de mulheres. Quero apenas um pouco de tempo, algumas horas, para poder encontrar um jeito de dizer a ele que não pode casar com minha sobrinha. E dizer sem ele ficar triste e zangado.

— E quem vai fazer isso?

— Eu. E agora, com licença, vou dançar com Maria Manoela enquanto penso no que vou dizer a Garibaldi.

## Capítulo 8
## AMOR PROIBIDO

Bento foi até Maria Manoela, para dançar com ela. Permaneceu calado por algum tempo, apenas respondendo perguntas da irmã. Ficou tranqüilo porque nenhuma das perguntas era sobre Manoela. Achava melhor falar sobre esse assunto com Ana.

Ele viu quando Garibaldi, com a sobrinha, foi sentar num canto, sob o olhar de quase todos. Ele bem à vontade, mas Manoela tímida, sem saber onde colocar as mãos, olhando para as pontas dos sapatos. Quando Bento Gonçalves voltou para perto de Don'Ana, parecia ter encontrado a resposta para aquele assunto difícil. Contou o plano para a irmã:

— Minha querida Ana, tudo muito simples e sem maiores voltas. Tu mesma vais dizer a Garibaldi que o pedido dele para Maria Manoela foi uma surpresa muito grande. Tão grande que tu nem te lembraste de uma coisa que torna muito difícil aceitar a vontade dele: Manoela está comprometida com meu filho Joaquim.

— Mas isso não é verdade.

— Pode ser que não seja verdade agora. Mas fique certa que, da minha parte, vou fazer de tudo para que seja verdade. Sabes bem que Joaquim gosta muito de Manoela.

— E como será que Garibaldi vai reagir? — perguntou Ana.

— Deixa isso comigo. Estou acostumado a assuntos difíceis. Falo com ele e explico a situação com jeito. Estou certo que ele vai entender. E depois, Garibaldi não é homem para deixar uma guerra como a nossa. Não vai nos abandonar no meio da batalha. Ana, tenho certeza que ele vai até o fim comigo.

— E Manoela?

— É contigo. Ela tem a cabeça no lugar. Faz ela acreditar que Garibaldi, apesar de todas as aparências, não passa de um homem expulso da Itália, um aventureiro do mundo. Um bom homem, um homem de muita coragem, está certo. Mas como marido, chefe de uma família, ele pode ser um desastre. Manoela precisa de alguém que fique ao lado dela, que dê proteção a ela, além de amor. Manoela vai entender, Ana. E depois, não temos outra saída. Ou isso, ou entregar Manoela à própria sorte.

Do lugar onde estava, Garibaldi viu os irmãos conversando preocupados. Estariam falando dele e de Manoela? Bento já sabia do pedido? Será que não tinha gostado do pedido da mão da sobrinha? A primeira vontade que teve foi levantar, levar uma cadeira para perto deles e falar a verdade, abrir o coração, contar a paixão pela moça. Mas permaneceu onde estava, junto a ela, sentindo a presença dela.

A festa no casarão terminou depois da meia-noite. Os fandangos entraram pela madrugada, até o sol raiar. Antes de se despedir da festa para ir descansar, Bento Gonçalves quis ver a **dança do caranguejo** e logo depois a alegria da **meia-canha**: Os homens convidam as moças com um sinal de lenço até que todos se unem no meio da sala e a música inicia um ritmo alegre.

Bento despediu-se de Garibaldi e dos companheiros, dizendo que estava muito cansado e preocupado com a situação da guerra, com a força dos

Danças populares da região e da época.

imperiais, que tinham tomado Porto Alegre e que não davam sinais de diminuir a capacidade de sustentar a guerra.

Os convidados começaram a ir embora, e Bento ficou na porta principal, cumprimentando todos. Depois, foi dormir.

## Capítulo 9
## UMA TRISTE NOTÍCIA

Bento Gonçalves só acordou quando já era dia claro, com sol alto. Don'Ana entrou no quarto do irmão, para conversar. Ela parecia não ter dormido. O ar cansado preocupou o irmão:

— Já vi que não conseguiste dormir. Algo de novo?

— Só consegui uma certa tranqüilidade quando falei com Manoela.

— E?...

— Está fechada no quarto chorando até agora. Não sei, não, mas vai ser muito duro para a pobrezinha.

— Conseguiste falar tudo a ela, como te pedi? — perguntou Bento.

— Tudo. Cheguei a mentir, a inventar coisas sobre o pobre rapaz, o italiano. Mas ela não aceita. Acha que alguém está contra eles. Bento, vou deixar tudo nas mãos de Deus Nosso Senhor.

— E poderias falar também com Garibaldi?

— Se este é o meu destino...

— Pois diga, quando ele voltar hoje à tarde, aquilo que tu e eu combinamos. Sabes, o mar vai voltar a ficar tranqüilo, águas suaves e céu azul. Marinheiro entende disso como ninguém. E um homem de guerra, mais ainda. E agora, com licença — disse Bento.

E foi o que aconteceu. Garibaldi ouviu de Don'Ana, naquele dia mesmo, a triste notícia, que o pegou de surpresa. Sentiu-se estranho. Foi como se Don'Ana falasse de outro apaixonado, não ele. Tudo parecia acontecer com alguém que Garibaldi nem sabia quem era. A pobre senhora tinha feito planos de não se demorar muito no assunto, mas, diante do silêncio do marinheiro italiano, foi falando cada vez mais, sem parar. Só acabou de falar quando ele disse:

— Agradeço muito à senhora por tudo o que me disse, e mais ainda por tentar me consolar. Manoela merece viver a própria vida. E depois, a senhora vê, um homem como eu nunca sabe se vai estar vivo amanhã. Quero para ela toda a felicidade do mundo.

— Desejo a mesma coisa para o senhor.

— Agradeço muito. E fique tranqüila. Eu sempre soube que o lugar de um marinheiro é no mar.

## Capítulo 10
## A RENÚNCIA

Mais tarde, ao ser perguntado por Bento Gonçalves sobre a conversa com Don'Ana, Garibaldi pediu para o general não dizer nada, porque sabia bem da barreira que havia entre o destino de Manoela e o próprio destino. Tranqüilizou o general:

— Volte para a luta, presidente. E fique certo que eu vou cumprir os meus compromissos com a revolução. Don'Ana parece que entendeu o que eu disse e deve ter contado a Manoela como encarei a situação. Sei muito bem que nunca vou esquecer dela em toda a minha vida. Quero toda a felicidade do mundo a ela e a seu filho Joaquim. Acho que será um belo casamento.

Bento Gonçalves percebeu que Garibaldi não estava tranqüilo, nem muito certo da verdade de tudo aquilo. Por alguns momentos ficou sem saber o que dizer. Depois encontrou um assunto. Disse ao amigo e companheiro de lutas que voltaria naquela madrugada para junto do **Estado-Maior** do exército farrapo. Mudariam para Caçapava, onde ficaria a sede do governo da **República**.

Estado-Maior é o grupo de comandantes de um exército.

A República do Piratini teve várias capitais, como as cidades de Piratini, Caçapava e Alegrete. Cada vez que era necessário fugir, por causa da força do exército imperial, os farrapos mudavam de capital.

## Capítulo 11
## NOVOS PLANOS

Logo depois estavam os dois trabalhando nos mapas e traçados, debaixo de uma árvore grande e velha, cercados pelos companheiros de Garibaldi. Não tinham esperanças de ter Porto Alegre de volta. Pelotas passava de mão em mão. **Rio Grande** ainda era dos imperiais. A situação da guerra não era nada boa para os farroupilhas.

Porto Alegre, a capital do estado, era dominada pelos imperiais. Assim também as cidades de Pelotas e de Rio Grande, dois dos mais importantes municípios do Rio Grande do Sul. Rio Grande era a única saída para o mar, e por isso era tão importante para a República do Piratini, que só por ali podia vender e comprar produtos.

Quando Bento Gonçalves se despediu, o sol desaparecia no horizonte. Ao apertar a mão de Garibaldi, ele teve um sentimento de culpa, como se tivesse traído o amigo. Não quis a guarda oferecida por Garibaldi, pois tinha um bom número de homens. E desapareceu na estrada ao cair da noite.

Em seguida, Garibaldi disse que não se sentia muito bem e que não iria jantar. Matru, calado num canto, entendeu todo o sofrimento do amigo. Viu quando Garibaldi desapareceu por entre as obras de um dos barcos que ele usava como quarto, levando junto um lampião de luz forte, os mapas de guerra e, no rosto, um profundo ar de tristeza.

Solitário, lutando contra os sentimentos, Garibaldi começou ali mesmo a fazer novos planos. Ele pensou em enganar as embarcações imperiais que cuidavam a entrada do Guaíba, para cruzar com os barcos a lagoa dos Patos e ir em direção a Santa Catarina.

Queria chegar em Laguna. Lá o mar é raso, e isso era bom para os pequenos barcos de Garibaldi, que iam levar vantagem sobre os navios imperiais. Isso porque os navios do Império brasileiro iam ter dificuldade de fazer manobras ali, por serem mais adequados para águas profundas. O marinheiro italiano sabia que era preciso deixar longe do Rio Grande do Sul os navios dos inimigos.

Garibaldi tentou em vão fazer os primeiros traços, escrever as primeiras linhas do plano. Mas era difícil entender os mapas, as letras se confundiam. Sentia ao lado o espírito de Manoela, aquela doce voz, aqueles gestos suaves. Sentia até mesmo o calor da mão da amada. O que afinal teria dito Don'Ana para Manoela? Pobre Manoela, ele pensou. E suspirou: "Pobre de mim!"

Dias depois, os farroupilhas tomaram diversos barcos inimigos no rio Caí. Garibaldi não participou dessa batalha, e Bento Gonçalves estranhou. Achou que Garibaldi não tinha ido até aquele local por estar magoado com o que tinha acontecido na Estância da Barra, semanas antes.

A verdade era outra. O problema é que a oficina de

*Garibaldi e Bento Gonçalves olham um mapa.*

barcos na lagoa dos Patos, onde Garibaldi comandava, estava sendo atacada pelos imperiais. Os farroupilhas mal conseguiam trabalhar nos barcos, porque os imperiais movimentavam um grande número de embarcações, de grande porte e enorme poder de fogo. Os imperiais tinham como principal missão não deixar que Garibaldi e os farroupilhas trabalhassem e movimentassem os barcos durante a noite.

Para explicar os motivos de não ter ido ao local da vitória no rio Caí, Garibaldi escreveu uma longa carta a Bento falando das tropas e ataques dos imperiais, que eram em grande número: vários navios a vela, três navios a vapor, uns noventa canhões e mil homens bem treinados e alimentados. Garibaldi dizia a Bento que não estava conseguindo realizar movimentos com os barcos na lagoa dos Patos.

"Nossos movimentos são muito limitados. Nem parecem manobras militares. Nessas condições não conseguimos fazer nada, aqui na lagoa", dizia Garibaldi na carta.

## Capítulo 12
## RUMO A LAGUNA

Por esse tempo, a cidade de Laguna foi atacada pelos imperiais. Ao saber da notícia do ataque, Garibaldi ficou muito alegre, porque finalmente os barcos iam entrar em ação e ele iria sair dali. Embora fosse uma missão muito difícil, ele queria muito estar nela, para ficar longe do lugar onde tinha passado os últimos tempos.

Muito perto dali estava Manoela, que ele nunca mais tinha visto. Agora ele queria ficar distante da lembrança da amada, que não saía de seus olhos e nem do pensamento nas longas e difíceis noites em claro.

Garibaldi passava o tempo adiantando as obras, dando ordens aos homens, traçando planos e tomando decisões. Deixaria dois dos barcos ali na lagoa dos Patos, para distrair a atenção das embarcações imperiais durante a noite, e seguiria para o Atlântico sem passar pelo porto de Rio Grande.

Conseguiu, no silêncio da noite, levar os dois maiores barcos para o outro lado da lagoa, junto ao rio Capivari, sem ser visto pelos inimigos. Garibaldi ainda não tinha contado a ninguém o próximo passo do plano. Quando chegou lá, pediu muitas juntas de bois e pares de grandes rodas de carreta. Finalmente contou aos companheiros o que queria fazer.

— Mas é uma loucura — disse Matru.

## Capítulo 13
## A SOLIDÃO DE MANOELA

Enquanto isso, no casarão da estância, Don'Ana estava preocupada com o profundo silêncio de Manoela. A moça estava cada vez mais magra. Poucas vezes sentava-se à mesa para comer junto com os outros. Ficava dias fechada no quarto, com janelas e porta trancadas.

A mãe passava horas e horas atrás da porta, ouvindo o choro da filha. Pedia que ela saísse do quarto, mas terminava voltando para junto da irmã Ana, perguntando o que fazer naquela situação.

— Isso passa com o tempo — dizia Don'Ana. — O amor é como as brasas. Viram cinzas quando se tira delas o ar com que se alimentam. Ela acaba esquecendo.

— Conheço bem a minha filha — dizia Maria Manoela, chorando. — Ela vai levar esse sentimento até a morte.

Don'Ana pensava assim também, mas não queria dizer, com medo de deixar as coisas ainda mais difíceis. Um dia, chegou a dizer para as irmãs:

— Ela ainda pode se apaixonar pelo Joaquim. É um belo rapaz e deve saber como conquistar o amor da moça.

Rosto colado ao vidro da janela, horas seguidas, cada vez mais magra, Manoela olhava para a estrada que ia até a porteira principal, imaginando cavaleiros comandados pelo corajoso Garibaldi. Assim que as imagens desapareciam, tudo voltava a ficar em silêncio, e ela voltava para a solidão. Fechava as janelas, não deixando que a luz entrasse naquela prisão que tinha criado para ela mesma.

Don'Ana, às vezes, ficava batendo na porta até ouvir a voz da sobrinha. Tentava fazer ela sair um pouco, tomar um sol, sentir o ar das manhãs. Manoela respondia, chorando, que não queria sair. E quando decidia sair do quarto, era apenas por pouco tempo, e sem falar com ninguém. Parecia um bicho do mato que andava perdido pelo casarão. Algumas vezes caminhava até a porteira e ficava por lá como se esperasse por alguém. Don'Ana via tudo e sabia muito bem por quem ela esperava.

Com o passar do tempo, Manoela voltou a conviver com a família. Sentava à mesa para comer um pouco, mas mal respondia às perguntas que faziam a ela. Outras vezes, ia sentar do lado de fora da porta, sem nada fazer, olhos perdidos na distância do **pampa**, sem se preocupar com o que acontecia ao redor. Assim que a noite chegava, ia para o quarto

O pampa é um campo aberto e mais ou menos plano, de vegetação rasteira, característico do sul do Brasil.

*A tristeza de Manoela.*

e trancava a porta. Era mais uma noite de tristeza e choro. Don'Ana, quase arrependida, chegou a dizer para as irmãs:

— Meu Deus, Manoela não merecia isso. Ela está envelhecendo. Ontem, quando um raio de sol bateu nos cabelos dela, notei os primeiros fios brancos. Não são do tempo, mas de tristeza. O Senhor Deus sabe que eu não sou culpada de nada. Fiz o que devia fazer naquele tempo.

As irmãs só ouviam. O primo Joaquim quis namorar Manoela, mas foi em vão. A moça olhava para ele com um olhar perdido e distante, mas não chegava a sorrir, nem a dizer uma só palavra. Até que, um dia, uma carta de poucas palavras, escrita por Joaquim, chegou na estância. Dizia aos parentes que iria se casar, mas com outra moça.

Outros rapazes também tentaram conquistar o coração de Manoela. Chegavam num dia e iam embora no outro, sem esperanças. Manoela permanecia a mesma. Ela suspirava: "Por onde andará Garibaldi?"

Uma noite, em meio ao silêncio do pampa, as irmãs ouviram uma voz que parecia vir de muito longe. Era Manoela, que cantava no quarto. Foram até a porta do quarto e ficaram ouvindo. Sim, era ela mesma. Cantava uma canção italiana que Garibaldi tinha ensinado a ela. Notando o ruído do lado de fora, Manoela parou de cantar.

Na escuridão, Manoela apertava os olhos e via de novo a imagem do marinheiro italiano comandando os homens no convés em meio à guerra. Até que o sono pesado da madrugada chegava, fazendo com que os fantasmas desaparecessem.

Outras vezes, Manoela ficava sentada numa cadeira de balanço. Sentia no próprio rosto, cheio de lágrimas, um par de mãos que não existiam. Ouvia palavras em italiano, as mesmas que Garibaldi tinha dito a ela, nos poucos encontros que tiveram.

## Capítulo 14
## O FANTASMA DA PAIXÃO

Garibaldi, já perto das nascentes do rio Capivari, mandou que os homens escondessem os altos mastros dos barcos *Farroupilha*, de quase dezoito toneladas, e *Seival*, de doze, com grandes galhos de árvores. Estava sempre se movimentando entre os homens, dando ordens e trabalhando duro, para retirar dos barcos os pesados canhões. Ele queria deixar os barcos mais leves, e para isso levava para a terra os canhões de bronze. Tinha, então, setenta homens de combate e de tripulação.

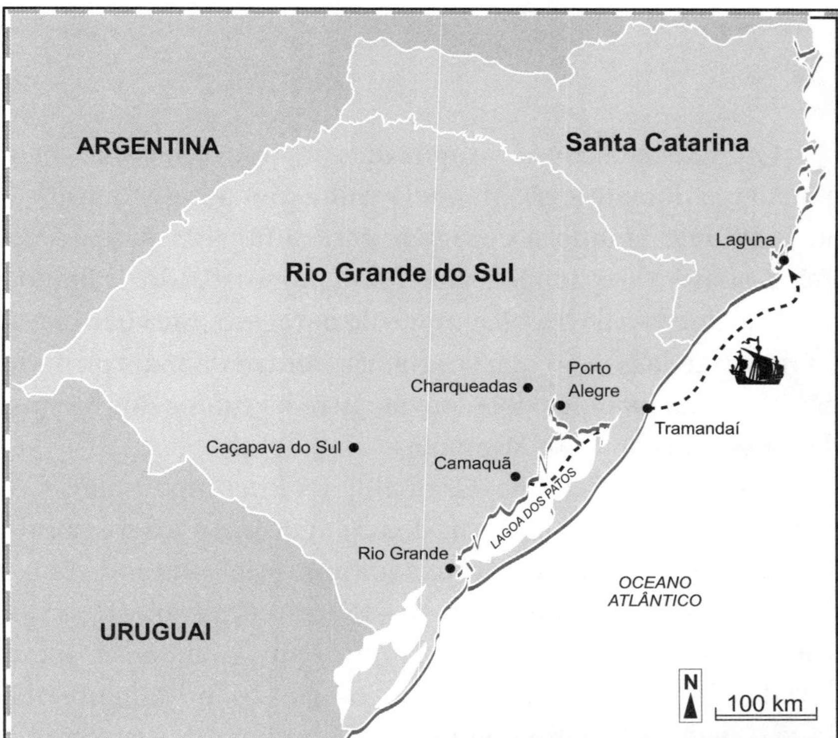


*O barco de Garibaldi vai até Laguna.*

Quando caía cansado, após dias de muito trabalho, não conseguia dormir logo. Manoela vinha, em desejo, deitar-se ao lado dele, dando a coragem para lutar. Ela passava as mãos suaves nos longos cabelos e no rosto do italiano, dizendo doces palavras de amor e de coragem. Ele acariciava o fantasma da paixão que sentia, via dentro da mais profunda escuridão os olhos dela, ouvia entre os ruídos dos bichos da noite a querida voz da amada.

Mas o sacrifício de Garibaldi foi recompensado. Os barcos, mais leves, foram tirados da água e colocados sobre grandes rodas de carreta e puxados por várias juntas de bois, por dezenas de quilômetros, desde o rio Capivari até o rio Tramandaí. Foi uma manobra militar surpreendente, inesperada, genial. Garibaldi botou os barcos novamente na água e se deslocou até Laguna, para dar combate aos imperiais.

*O barco de Garibaldi é puxado por várias juntas de bois.*

## Capítulo 15
## ANITA

Muitos e muitos anos depois, já velho, Garibaldi escreveu sobre Manoela, contando da grande tristeza que sentia. Disse que ela era "noiva de um filho do presidente". Até o fim da vida acreditou que Bento Gonçalves não mentiu para ele. Afinal, eles tinham sido companheiros de uma guerra dura e longa.

E escreveu sobre Manoela: "Sim! Belíssima filha do **Continente**, eu era feliz de qualquer maneira. Tu, que foste destinada a ser mulher de um outro!"

Continente era uma das maneiras de nomear o Rio Grande do Sul. Um dos primeiros nomes da região foi Continente de São Pedro do Rio Grande do Sul.

Manoela permaneceu viva no coração dele, como se fosse alguém de carne e osso, em todas as batalhas que ele teve na Itália, em todos os lugares por onde ele passou. E em todas as conquistas que teve como guerreiro, foi o olhar de Manoela que esteve perto dele, dando coragem e fé.

Mas Manoela era, na verdade, apenas um fantasma. Viva mesmo, de carne e osso, sempre ao lado dele, estava outra mulher que ele amou: **Anita**. Anita que ele conheceu em Laguna, Anita que combateu com ele no Brasil e na Europa, Anita que foi a mãe dos filhos dele.

Anita se chamava na verdade Ana Maria de Jesus Ribeiro. Nasceu em Laguna, Santa Catarina, e juntou-se aos guerreiros farroupilhas.
Já era casada com um sujeito da cidade, mas largou o casamento para viver com Garibaldi.
Eles tiveram três filhos.
Ela morreu na Europa, aos 28 anos, em 1849. Garibaldi viveu até os 75 anos, morrendo no ano de 1882.

Quando Anita morreu, Garibaldi seguiu a vida de combatente. Andou por Gibraltar, Tânger, Nova York, América Central, Costa do Pacífico, Lima, e outra vez a Itália de amores e de sacrifícios. Sempre carregando no coração a memória das duas mulheres.

Garibaldi escreve as lembranças.

## Capítulo 16
## AMOR DE PERDIÇÃO

Manoela nunca mais ouviu falar de Garibaldi. Ela se perguntava: ele andaria perdido por este mundo de Deus, ou teria morrido? Será que ele estava tentando melhorar este mundo, que para ela já tinha se acabado?

A mãe tinha morrido, em silêncio como sempre, triste. Morreram também as boas tias. Don'Ana, Antônia e Maria Manoela não existiam mais. Sozinha, Manoela deixou a Estância da Barra cheia de recordações e foi para Pelotas. Lá, numa velha casa, viveu de tristezas e lembranças. Não sabia mais o que era chorar.

A imagem do rosto do grande amor tinha se perdido com o tempo. Ficaram apenas na memória os longos cabelos e o porte altivo do marinheiro. E sempre aqueles olhos azuis, que revelavam a grande bondade de Garibaldi.

Manoela cantava velhas canções de ninar. Nas noites de verão, ficava sentada no pátio da casa e tentava dormir contando estrelas. Não conversava com ninguém e apenas ouvia os poucos parentes que a procuravam, ela sem dizer nada, olhar perdido, cabelos soltos e roupas malcuidadas.

Diziam que a pobre mulher não vivia neste mundo. Em Pelotas, não tinha ninguém que algum dia tivesse visto qualquer janela da casa aberta. O pouco movimento da casa era dos dois empregados.

Nunca ninguém viu Manoela olhando para outro homem. Nem para aqueles que, no começo, achavam que podiam conquistar o amor dela. Ninguém mais no mundo tomaria o lugar de Giuseppe Garibaldi no coração de Manoela.

Ela lembrava da vida na Estância da Barra, do movimento dos escravos, dos empregados cuidando dos bichos e dos tímidos banhos na lagoa. Até que, certo dia, ali chegaram os marinheiros: era a guerra que chegava nos pampas tranqüilos, e com ela a oficina de barcos, que acabou com os passeios pelas margens tranqüilas daquela imensidão de água. Mas também tinha chegado Garibaldi, que tinha levado calor e vida para a Estância da Barra. Na memória de Manoela, ele ainda aparecia na porteira, passando pelo pomar de laranjeiras e pelas árvores altas.

Agora esquecida e andando pelos corredores do casarão, Manoela cumprimentava fantasmas, fazia roupas que não existiam, cuidava do silêncio. À noite, rolava na cama e ficava surpresa por não ter mais lágrimas.

Uma noite, era inverno e não tinha fogo na lareira, ela sentiu uma dormência no corpo e chamou por Garibaldi.

Disse: "Meu amor, senta aqui ao meu lado, quero sentir o calor das tuas mãos, quero ouvir a tua voz, preciso de ti, mais do que nunca".

E ele chegou perto da cama. Manoela viu quando ele abriu uma das janelas, deixando entrar uma luz que vinha da rua. Ouviu as vozes dos marinheiros e o ruído da água nos cascos dos navios. Ela perguntou: "Mas, afinal, quando foi que tudo isso aconteceu?" Fechou os olhos. Ela falou: "Chega mais perto, amor. Tenho muito frio. Quero que fiques ao meu lado para sempre. Vê, meu corpo já flutua no mar. Não me deixes. As águas são negras e muito profundas".

## Capítulo 17
## DESTINO INFELIZ

Quando as pessoas abriram o jornal, no dia seguinte da morte de Manoela, ficaram surpresas com a manchete de primeira página: "Morreu a noiva de Garibaldi".

Se alguém parasse para escutar o vento, ouviria por certo uma distante voz de marinheiro a dizer, com o coração partido:

— Tu, que foste destinada a ser mulher de um outro!

**FIM**

Este livro faz parte da coleção "É só o Começo", destinada a novos leitores jovens e adultos, recém-alfabetizados ou alfabetizados há mais tempo.

O objetivo da coleção é diminuir a distância entre o leitor e o livro. Textos originais da literatura brasileira foram adaptados, reduzidos e enriquecidos com notas históricas, geográficas e culturais, inclusive mapas, para auxiliar na leitura e na compreensão do texto. Dados sobre a obra, a época em que foi escrita, o autor e também sobre os personagens são apresentados com este mesmo fim: a aproximação prazerosa do leitor com o texto escrito.

Mas a leitura de um texto pode e deve ir além de tudo isso. Assim, para depois da leitura, oferecemos a você — leitor, animador cultural, professor, participante dos mais diferentes grupos — algumas idéias para pensar e para saber mais sobre o tema tratado no livro. São sugestões que você poderá utilizar se quiser e como quiser: elas podem se transformar num bom bate-papo, num debate em grupo, num assunto para pesquisa ou num tema de redação. Você escolhe. Você inventa.

No caso das sugestões de outros livros, vídeos, filmes e sites da internet, sabemos que nem sempre todos terão acesso a esses materiais. Mas fica a sugestão. Talvez você encontre na sua região outros livros, outras imagens, outras músicas relacionados com a obra lida. O importante é que você possa ir além do texto, debatendo temas inspirados na obra, buscando novas fontes para pensar mais sobre o assunto e estabelecendo relações entre o livro e outros modos de contar histórias, como os do rádio e da televisão, por exemplo. Acreditamos que esse seja um bom começo para jovens e adultos sentirem a felicidade de embarcar na viagem das letras e — quem sabe? — aguçarem a curiosidade para buscar o texto original das histórias adaptadas, visitar bibliotecas, contar e criar histórias suas, encantar-se com a palavra e a imaginação.

## 1. A LUTA PELA REPÚBLICA

Descoberto no ano de 1500 por Portugal, o Brasil viveu como colônia até 1822. Nesse ano, aconteceu a Independência, mas o país continuou sendo organizado como uma monarquia, com um imperador que tinha poderes pelo simples fato de ser imperador. Não tinha sido eleito, nem jamais seria. Depois de 1822, muitos grupos começaram a lutar pela República, forma de organização política que obriga os governantes a serem eleitos e a respeitarem o congresso. (Os farrapos deste romance eram republicanos, mas para isso separaram o Rio Grande do Sul do restante do Brasil. Em 1845, quando acabou a guerra, eles tiveram que abandonar o ideal republicano, porque voltaram a fazer parte do Brasil, que permaneceu sendo monarquia.) Finalmente, a República foi conseguida em 1889. Os ideais de igualdade, liberdade e fraternidade tinham mais chance de acontecer na prática.

1. Você conhece a organização da República do Brasil? Conhece o modo de eleger os representantes na cidade, no estado e no país?

2. Como você acha que os brasileiros elegem os representantes? O voto é bem dado, com consciência? Os brasileiros sabem cobrar as promessas dos eleitos? Como é possível fazer isso?

3. Você ouviu falar das lutas pela República, na história do Brasil? Quais são os valores da República brasileira em nossos dias?

4. Você acha certo que algum estado ou região se separe do Brasil, para se organizar de maneira diferente? Por quê?

## 2. A LIBERTAÇÃO DOS ESCRAVOS

Desde que começou a colonização portuguesa no Brasil, nosso país teve gente escravizada. Primeiro, os colonizadores tentaram escravizar os índios, que resistiam muito e, como conheciam a terra brasileira, fugiam com facilidade. Depois, os portugueses começaram a trazer escravos da África, onde as pessoas eram arrancadas de suas aldeias, ou vendidas por africanos mesmo, e vinham para cá. A horrível viagem era feita em navios sujos, e ali mesmo muitos negros morriam. Quando chegavam aqui, alguns eram vendidos para donos de fazendas de cana-de-açúcar e iam trabalhar na roça. Outros trabalharam buscando ouro e diamantes. Outros foram para o Sul, trabalhar nas charqueadas, matando gado e cortando a carne para salgar. Na história que você leu, aparecem alguns escravos na Estância da Barra. Não chegam a aparecer negros escravos lutando na guerra, mas isso aconteceu. Os farrapos prometiam que, se vencessem a guerra, iam libertar todos eles. Isso acabou não acontecendo, porque os farrapos perderam.

1. Você conhece as lutas dos escravos pela liberdade? Ouviu falar de Zumbi dos Palmares? E dos quilombos?

2. Na sua opinião, como foi mudando a condição dos negros ao longo do tempo? O que mudou? O que ainda precisa mudar?

3. Você acha que existe preconceito de cor no Brasil de hoje? Isso tem relação com a escravidão?

## 3. SER MULHER

Na história de Garibaldi e Manoela, a família da moça proíbe o namoro dela com o rapaz italiano. Essas proibições eram comuns naquele tempo. As mulheres precisavam do consentimento dos pais ou responsáveis para namorar e casar. Se não tinham permissão, tinham que se conformar, ou então fugiam de casa para casar.

1. Você acha que a condição da mulher mudou de lá para cá? Como? Por quê?

2. No lugar de Manoela, você ia aceitar a proibição? E no lugar de Garibaldi, você aceitaria deixar de namorar a mulher amada? O que você poderia fazer?

3. O que você acha de Anita, a mulher que largou o casamento para viver com Garibaldi?

## 4. A GUERRA

O Brasil teve várias guerras ao longo do tempo. Algumas eram contra outros países e outras foram do governo central contra grupos regionais. A Guerra dos Farrapos foi uma destas. O governo brasileiro mandou o exército nacional lutar contra os farroupilhas, que tinham um exército composto por gente do Rio Grande do Sul, incluindo alguns escravos que lutavam contando com a promessa de ser libertados no fim.

1. O que você acha da guerra? Ela pode ser evitada ou não, em geral?

2. Na história do Brasil, você conhece alguma guerra? Ela tinha razão de ser?

3. Você conhece as guerras que acontecem em nossa época? Sabe as razões?

## FILMES

*Netto perde sua alma* (2001), de Beto Souza e Tabajara Ruas. Baseado no romance com o mesmo nome, conta a história do general farroupilha Antonio de Souza Netto. Internado num hospital, em 1866, relembra sua vida, suas batalhas e a proclamação da República do Piratini.

*A casa das sete mulheres* (2003), de Jaime Monjardim (minissérie da Rede Globo). Baseada no romance do mesmo nome, conta a história das mulheres da família de Bento Gonçalves. Elas viviam na Estância da Barra, esperando o fim da guerra (1835-1845) e a volta de seus homens. Manoela escreve em seu diário a história da revolução e conta sobre seu grande amor por Giuseppe Garibaldi.

## LIVROS

*Netto perde sua alma.* Tabajara Ruas. Porto Alegre: Record, 2001. O general Netto, nos últimos dias de sua vida, lembra todas as guerras que viveu, em particular a Guerra dos Farrapos.

*A casa das sete mulheres.* Leticia Wierzchowski. Rio de Janeiro: Record, 2003. Relato da vida feminina durante a Guerra dos Farrapos, a partir das memórias de uma das mulheres que viviam no casarão da família de Bento Gonçalves.

*As memórias de Garibaldi.* Alexandre Dumas. Porto Alegre: L&PM, 2000. Garibaldi contou suas histórias para o famoso escritor francês, que as transformou neste belo livro.

*Os varões assinalados.* Tabajara Ruas. Porto Alegre: L&PM, 2003. Romance que narra a Revolução Farroupilha com grande detalhe e muita emoção. Como pano de fundo, a casa das sete mulheres que esperam.

*A Guerra dos Farrapos.* Tabajara Ruas/ Flávio Colin. Porto Alegre: L&PM, 1985. Através de uma história em quadrinhos, com desenhos e diálogos, os autores contam a história da Revolução Farroupilha e de seus heróis.

*Revolução Farroupilha.* Moacyr Flores. Porto Alegre: Martins Livreiro, 1984. Relato histórico que localiza o contexto brasileiro da época, apontando conflitos de outras províncias com o império e detalhes das batalhas e das tentativas de paz que caracterizaram a Revolução Farroupilha. Apresenta ilustrações, mapas, retratos, trechos de jornais da época e a carta com as condições para a paz propostas pelos revolucionários ao império.

*A Revolução Farroupilha.* Sandra Jatahy Pesavento. São Paulo: Brasiliense, 1985. Ótimo livro de introdução ao tema, mostra a Guerra dos Farrapos como uma disputa entre grupos de pecuaristas em luta com o poder central brasileiro.

## SITES

http://www.pucrs.br/letras/pos/acersul/josueguimaraes/acervof.htm
Página sobre Josué Guimarães, com detalhes sobre os inúmeros livros que publicou. Oferece também fotos, além de depoimentos do autor sobre detalhes de sua infância, filosofia de vida, o ato de escrever, a atividade política e o estado em que nasceu (RS).